AF306024

COLLECTION

DE

M. le Docteur Paul MÜLLER

TABLEAUX

ANCIENS

TABLEAUX ANCIENS

CONDITIONS DE LA VENTE

Elle sera faite au comptant.

Les acquéreurs payeront *dix pour cent* en sus des enchères.

Paris. — Imp. Georges Petit, 12, rue Godot-de-Mauroi. — 20540-10

CATALOGUE

DES

TABLEAUX ANCIENS

PAR

BONINGTON, BRAUWER, CLOUET, CONSTABLE, CRANACH
GAINSBOROUGH, GOYEN (VAN), HARLOW
HOPPNER, LAWRENCE, NEER (VAN DER), OSTADE (ADRIEN VAN)
REMBRANDT, RUISDAEL, STEEN
TENIERS, WOUWERMAN (PHILIPPE), ETC.

COMPOSANT LA

Collection de M. le Docteur Paul MULLER

ET DONT LA VENTE AUX ENCHÈRES PUBLIQUES AURA LIEU A PARIS

HOTEL DROUOT, SALLE N° 6

Le Mercredi 25 Mai 1910, à 2 heures 1/2

COMMISSAIRE-PRISEUR

M. . . . . , rue Favart, 6

EXPERTS

M. HENRI HARO	M. JULES FÉRAL
14, rue Visconti et rue Bonaparte, 20	7, rue Saint-Georges, 7

EXPOSITIONS

PARTICULIÈRE : *Le Lundi 23 Mai 1910, de 2 heures a 6 heures.*
PUBLIQUE : *Le Mardi 24 Mai 1910, de 2 heures à 6 heures.*

DÉSIGNATION

TABLEAUX ANCIENS

BEAUBRUN

1604-1692

1 — Portrait de Mlle de Montpensier, la Grande Mademoiselle.

Vue de trois quarts, elle sourit légèrement. Ses longues boucles brunes, cachant les oreilles d'où pendent deux belles perles, retombent sur la nuque ornée d'un collier également en perles fines. Elle est vêtue d'une robe bleue, décolletée et garnie de dentelles.

Bois. Haut., 34 cent.; larg., 26 cent.

Cadre en bois sculpté.

BONINGTON
(RICHARD PARKES)
1801-1828.

2 — Retour de pêche.

Éclairés par les premières lueurs du matin, des bateaux de
pêche viennent de rentrer sur la plage. Au premier plan, les
marins sont occupés au déchargement des poissons que leurs
femmes emportent dans des hottes pour les vendre. A gauche,
on aperçoit le village, devant lequel les habitants regardent la
rentrée des bateaux.

Toile. Haut., 5o cent.; larg., 79 cent.

Cadre en bois sculpté.

Vente de M V. Brown (avril 1837).

Tresors de la curiosité, par Charles Blanc, t. II p. 431.

BONINGTON
(RICHARD PARKES)

3 — Vue de Venise, prise des lagunes.

Au premier plan, sur le Grand Canal de la Giudecca que
sillonnent les gondoles, est amarrée une frégate aux voiles
déployées; au fond, on aperçoit la ville d'où émergent les
dômes de l'église de la Salute et un campanile.

Bois. Haut., 21 cent.; larg., 37 cent.

BONINGTON
(RICHARD PARKES)

4 — Une Plage en Normandie.

Bois. Haut., 15 cent.; larg., 24 cent.

Collection Oldham Barlow, R. A., Londres.
Collection P.-A. Cheramy, Paris.

BOUCHER
Attribué à FRANÇOIS

5 — La Jeune fille à la colombe.

Toile ovale. Haut., 55 cent.; larg., 44 cent.

BRAUWER
(ADRIAEN)
1605-1638.

6 — Les Chanteurs.

Assis sur le bord d'une table, trois hommes, loin d'être beaux, sont occupés à chanter. Deux d'entre eux déchiffrent le morceau qui est posé sur un pupitre. L'autre, vu de profil et coiffé d'un très haut chapeau, tient sa musique à la main.

Bois. Haut., 28 cent.; larg., 22 cent.

CLOUET
(Attribué à JEANET, dit

7 — Portrait de Henri II.

Il est vu en buste et vêtu d'un riche costume noir brodé d'or. Son col, retourné autour de la nuque, laisse voir la doublure blanche rehaussée d'ornements; un pendentif est suspendu à un collier enroulé autour de son cou. Il est coiffé de sa classique toque de velours noir à plumet blanc.

Bois. Haut., 32 cent., larg., 24 cent.

Très beau cadre Renaissance en bois sculpté et doré.

Collection Sir Henry Hope Edwards, Londres.

Exposition des Primitifs français, Paris 1904.

CONSTABLE
(JOHN)
East-Bergholt. 1776-1837

8 — Lever de lune.

Éclairant la prairie qui s'étend a perte de vue, coupée çà et
là par des meules, la lune vient de se lever, tandis que de gros
nuages noirs s'en vont.

Bois. Haut., 23 cent.; larg., 29 cent.

Collection d'Eustache Constable, petit-fils de l'artiste.

Collection du baron d'Erlanger.

CONSTABLE
(JOHN)

9 — Les Gerbes de blé.

Des moissonneurs ont dressé dans un champ des gerbes de
blé; un paysan est appuyé sur une barrière fermant un sentier
au second plan. Dans le fond, une tour du moyen âge s'élève
au milieu des bois.

Étude.

Bois. Haut., 18 cent.; larg., 24 cent.

CONSTABLE
(JOHN)

10 — Un château aux environs de Londres.

Au premier plan, un pâturage bordé par un cours d'eau
devant un rideau d'arbres. Dans le fond, un château aux toits
d'ardoises.

Étude.

Bois. Haut., 18 cent.; larg., 23 cent.

Collection Eustache Constable, petit-fils de l'artiste.

CONSTABLE
(JOHN)

11 — Dragueurs sur la Medway, à Aylesford.

Sur la rivière, au premier plan, des hommes sur des bateaux sont occupés à draguer. Plus loin, un pont traverse le fleuve et conduit au village que l'on aperçoit au fond, avec ses maisons aux toits rouges et son église.

La rivière est bordée à gauche par la forêt et à droite par le chemin de halage.

Bois. Haut., 26 cent.; larg., 36 cent.

Collection Reginald Vaile, Londres.

11

36

CONSTABLE
(JOHN)

12 — **Vue d'un parc.**

Une pelouse dévale au premier plan : plus loin, des arbres entourent une construction de briques.

Étude.

Bois. Haut.. 24 cent. ; larg.. 3o cent.

Collection Eustache Constable, petit-fils de l'artiste.

CONSTABLE
(JOHN)

13 — **Paysage près de Leatherhead.**

Bois. Haut.. 11 cent. larg.. 17 cent

Collection Cheramy.

CONSTABLE
(JOHN)

14 — **Paysage près de Dorking.**

Bois. Haut. 11 cent ; larg.. 17 cent

Collection Cheramy.

CORNEILLE DE LYON

(Attribué à)

15 — Portrait d'un gentilhomme.

Les yeux bleus, les cheveux châtains relevés, la barbe longue, il est représenté en buste, vêtu d'un pourpoint noir, tourné de trois quarts vers la gauche.

Bois. Haut., 16 cent.; larg., 12 cent.

Cadre en bois sculpté.

CRANACH

(LUCAS, LE VIEUX)

1472-1553.

16 — Portrait de Sibylle de Clèves, femme de l'électeur Jean-Frédéric de Saxe.

Elle est représentée de face, vue jusqu'à mi-corps. Sa bouche esquisse un vague sourire et ses cheveux sont retenus dans un filet. Sur sa tête, un grand chapeau rouge portant, à chacune de ses extrémités, des panaches de plumes blanches. Vêtue d'un riche manteau de pourpre à fourrure d'hermine, elle croise ses mains ornées de bagues, sur sa poitrine. Autour de son cou, un collier supportant un pendentif; un autre collier plus large est jeté par-dessus son manteau.

Bois. Haut., 50 cent.; larg., 42 cent

Collection Buchner, Cologne.

Collection Alexis Schœnlank, Cologne.

Exposition du Costume aux Arts décoratifs (1909).

DYCK

(Attribué a ANTOINE VAN)

17 — Portrait du comte de Feria.

Vu à mi-corps. de trois quarts vers la gauche, il est couvert d'une armure et tient de la main droite le bâton de commandement.

Peinture en grisaille.

Bois. Haut., 24 cent., larg., 18 cent.

DYCK

Attribué a ANTOINE VAN

18 — Portrait de Nicolas de Peiresc, membre du Parlement d'Aix-en-Provence.

Vu à mi-corps, légèrement tourné vers la droite. le bras droit appuyé sur une table où sont posés des livres.

Peinture en grisaille.

Bois. Haut., 24 cent.; larg., 18 cent.

ECOLE FRANÇAISE

xviiie siècle

19 — Portrait de Mlle Haranger.

Elle est assise, occupée à peindre, vue de trois quarts. Les yeux se portent au loin devant elle sur le modèle, et déjà son pinceau court sur la palette. Cependant que son regard, plein de vie, s'éclaire d'un sourire que soulignent les plis de la bouche. Les cheveux sont rejetés en arrière; elle porte une robe de satin gris. La lumière vient baigner son visage et sa gorge opulente.

Toile. Haut., 65 cent.; larg., 54 cent.

Cadre en bois sculpté.

Collection de Mme Cottini, Paris.

Collection R. Vaile, Londres.

19

20

ÉCOLE FRANCAISE
xviii* siècle

20 — Portrait de Louise-Élisabeth de Savoie.

Jeune et poupine, elle est représentée en buste, vue de face.
Sa figure, fine et douce, est surmontée de cheveux poudrés
dans lesquels sont piquées quelques plumes et quelques petites
fleurs bleues. Elle est vêtue d'une riche robe bleue décolletée
et semée de paillettes d'argent, dont les manches sont en
dentelles. Autour du cou, un petit collier de fleurettes d'étoffe.

Toile ovale. Haut., 69 cent. ; larg., 56 cent.

Exposition du Costume aux Arts décoratifs 1909.

ÉCOLE ITALIENNE

xve siècle.

21 — Portrait d'homme.

Il est vu de face et sa figure basanée, aux grands yeux bruns,
aux lèvres épaisses, a beaucoup de caractère et d'énergie.
Il est vêtu et coiffé de noir.

Cette peinture puissante fait penser à Antonello de Messine.

Bois. Haut., 29 cent.; larg., 22 cent.

ESSELENS

JACQUES)

Amsterdam, 1626-1687.

22 — Une Plage en Hollande.

Des dames et des gentilshommes se promènent sur la grève,
au milieu des pêcheurs qui vendent des poissons, préparent
leurs filets ou se reposent près des barques échouées. A gauche,
un seigneur accompagné d'une dame et d'une fillette jouant
avec un chien, fait l'aumône à une femme assise portant un
corsage rouge.

Des dunes s'étendent à l'horizon.

Toile. Haut., 77 cent.; larg., 1 m. 05.

GAINSBOROUGH
(THOMAS
1727-1788)

23 — Paysage en Suffolk.

A travers la campagne inculte et rocailleuse, une voiture
attelée d'un mulet et d'un cheval suit un chemin bourbeux,
et s'enfonce dans un pli de terrain : elle est conduite par un
charretier debout. Au premier plan, une petite mare ; plus loin,
quelques rochers éclairés par les rayons du soleil. A gauche
et au fond, on aperçoit une ferme ainsi qu'une paysanne gardant quelques ânes. Au milieu, à droite d'un bouquet d'arbres,
s'étend la campagne où se dresse, au loin, une petite église.

De gros nuages sont éclairés par le soleil.

Bois. Haut., 40 cent. ; larg., 51 cent.

Cadre en bois sculpté.

Collection du lieutenant-colonel Unthank.

Exposé à l'Académie Royale, à Londres.

GEEST

(WYBRAND DE)

Leeuwarden, 1592-1659

24 — Portrait d'homme.

Vu jusqu'aux genoux, tourné de trois quarts vers la droite, en pourpoint et culotte de satin noir broché, fraise de mousseline, manchettes de dentelles, les cheveux bruns, la barbe en pointe, la main gauche appuyée sur un registre posé sur une table couverte d'un tapis.

On lit une inscription flamande sur un parchemin marqué d'un sceau.

Bois. Haut., 1 m. 02 ; larg., 74 cent.

Exposition du Costume aux Arts décoratifs (1909).

GEEST

(WYBRAND DE)

PENDANT DU PRÉCÉDENT

25 — Portrait de femme.

Une jeune femme, aux cheveux châtains relevés sous un bonnet de dentelle, une fraise à tuyautés rigides autour du cou, en robe de soie noire ouverte sur un corselet et une jupe lie de vin, une paire de gants à la main gauche, entoure du bras droit une fillette assise près d'elle.

L'enfant, en robe brune, jupe rouge, bonnet, collerette et tablier de dentelle, parée de chaines de corail, tient un panier de cerises et un biscuit.

Bois. Haut., 1 m. 02 ; larg., 74 cent.

Exposition du Costume aux Arts décoratifs (1909).

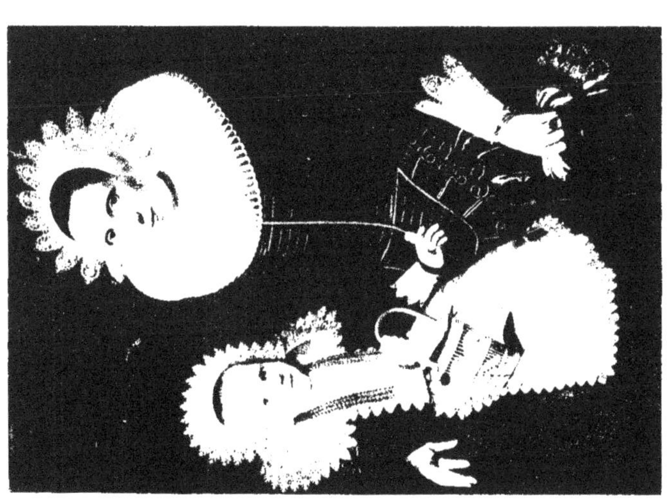

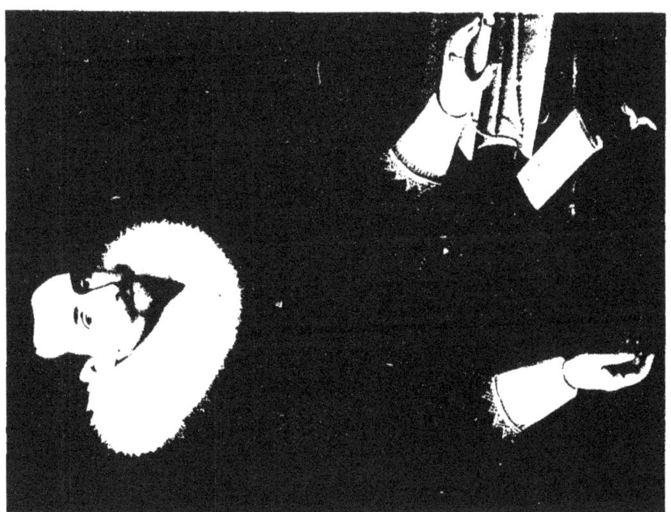

GOYEN

(JEAN VAN)

Leyde, 1596-1666.

26 — Village au bord d'une rivière.

Des chaumières s'élèvent sur une rive boisée où accostent des bateaux de pêche.

A droite, deux pêcheurs près d'un vivier. La rivière s'étend vers le fond : on remarque à l'horizon un moulin à vent.

Bois. Haut., 33 cent., larg., 42 cent.

GROS

Ecole française, xviiie siècle.

27 — Portrait présumé de Nicolas Leblanc, l'inventeur de la soude artificielle.

Il est représenté à mi-corps, assis dans un fauteuil, légèrement tourné vers la droite, vêtu d'un habit rayé, boutonné sur un gilet de soie rouge.

Signé à droite.

Toile. Haut., 73 cent.; larg., 56 cent.

GUARDI

(FRANÇOIS)

Venise, 1714-1793.

28 — Vue de Venise.

A droite, l'entrée de la Piazetta, la colonne de Saint-Théodore et le Palais-Royal.

Au fond, l'entrée du Grand Canal. A gauche, la Douane et l'église della Salute.

Grande animation sur le quai.

Haut., 24 cent. ; larg., 35 cent.

Cadre en bois sculpté.

Vente Beurnonville (1881).

Vente Marmontel (1898).

26

28

HAMILTON
JEAN GEORGES
1672-1737

29 — Pêches et raisins.

Trois papillons voltigent autour de pêches et de raisins
réunis sur une table.

Bois. Haut., 30 cent. ; larg., 28 cent.

Cadre en bois sculpté.

HARLOW
GEORGES HENRY
1787-1819

30 — Portrait de Miss Elisabeth O'Neill.

La célèbre artiste anglaise est assise, vue jusqu'à mi-corps,
sa tête, aux traits fins et élégants, est légèrement tournée à
droite. Quelques boucles brunes retombent sur sa nuque, sur
laquelle pend, accroché à une chaînette d'or, un petit cœur
d'émeraude. Sa robe de tulle blanc, serrée à la taille d'une
ceinture de mousseline bleue, est largement décolletée. Elle
croise les mains et appuie son bras gauche sur un coussin de
velours rouge.

Toile. Haut., 76 cent. ; larg., 63 cent.

HEMESSEN
JEAN SANDERS, dit VAN
Hemissen, 1500-1566

31 — La Remontrance paternelle.

Un banquier, assis à sa table de travail, exhorte un jeune
homme drapé dans un manteau rouge. Des livres et des
dossiers garnissent la table et un meuble à tablettes contre le
mur. Au fond et à gauche, une porte ouverte sur la campagne
laissant apercevoir plusieurs personnages.

Bois. Haut., 70 cent. ; larg., 1 mètre

4

HOPPNER
(JOHN)
1758-1810.

32 — Portrait de femme en châle rouge.

Elle est assise, vue de trois quarts jusqu'à mi-corps. Sa tête, aux traits volontaires, est coiffée d'un petit chapeau d'étoffe blanche. Un grand châle rouge est jeté sur ses épaules et cache en partie sa robe noire à col blanc.

Toile. Haut., 75 cent.; larg., 63 cent.

Décrit dans *John Hoppner, R. A.*, par Roberts et Mackay. Londres, 1900, p. 289.

LANTARA

SIMON-MATHURIN

Oncy, 1729-1778

DEUX PENDANTS

33-34 — Paysages avec figures et constructions.

On remarque dans l'un un cours d'eau traversé par un pont de bois et une tour en ruine.

Dans l'autre, trois personnages à l'entrée d'une ferme, le clocher d'une église et des pêcheurs au bord d'un lac.

Le premier est un effet du matin.

Le second un effet de soleil couchant.

Toiles. Haut., 57 cent.; larg., 70 cent.

Cadres en bois sculpté.

LAWRENCE
SIR THOMAS
1769-1830

35 — Portrait du fils de mistress Siddons, célèbre actrice anglaise.

Il est vu de trois quarts; sa figure, éclairée par un effet de lumière, esquisse un léger sourire. Il est vêtu d'un habit brun et d'un col blanc ; derrière lui, un lit couvert d'une étoffe rouge. A gauche, on aperçoit un paysage éclairé par un effet de lune.

Toile. Haut., 75 cent.; larg., 63 cent.

40

37

NEER

AART VAN DER)

1603-1677.

36 — L'Hiver.

Au premier plan, sur le fleuve gelé, les patineurs jouent au hockey. Un petit village, sur la rive droite, est couvert de neige et en face d'une hôtellerie, devant laquelle deux chevaux attendent d'être attelés. une barque de pêche est amarrée. A gauche, la campagne où quelques grands moulins se détachent sur un ciel nuageux et puissant.

Signé et daté : *1660*.

Toile. Haut.. 11 cent.; larg.. 58 cent.

Cadre en bois sculpté.

Nous pensons que ce tableau est celui qui est reproduit dans l'*Histoire des peintres* de Charles Blanc. École hollandaise, t. I.

NEER

AART VAN DER)

37 — Effet de nuit.

Éclairée par un effet de lune, une rivière coule et s'enfonce à travers le village. Au premier plan, sur un sol gazonné, deux cavaliers viennent contempler cette scène splendide. Au milieu de la ville s'élève une église devant laquelle s'étend un jardin public.

La lune sort d'un ciel nuageux et dramatique.

Toile. Haut., 50 cent.; larg.. 60 cent.

Cadre en bois sculpté.

OOSTEN

(ISAAC VAN)

Anvers, 1613-1661.

38 — Vue de Bregenz.

Une charrette descend la route, conduite par un homme en chapeau de feutre, suivie d'une femme et d'un enfant portant des paniers. Dans la plaine, des bergers et des moutons. Les maisons du village, entourées d'arbres, s'élèvent à flanc de coteau ; au sommet, une église ; dans le fond, des montagnes.

Signé à gauche, en toutes lettres.

Bois. Haut., 17 cent.; larg., 26 cent.

38

49

OPIE
JOHN
Truro, 1761-1807

39 — Portrait de jeune fille.

Ses grands yeux bruns éclairent sa tête mignonne et juvénile, qui se détache sur un ciel nuageux.

Toile ovale. Haut., 55 cent.; larg., 42 cent.

OSTADE
(ADRIEN VAN)
Haarlem, 1610-1685

40 — Intérieur rustique.

Cinq personnages sont réunis autour d'un tonneau renversé qui leur sert de table ; l'un d'eux, vu de dos, allume sa pipe pendant qu'un autre se dispose à boire ; un troisième courtise une vieille paysanne ; le dernier est debout, tenant un flacon.

La scène est éclairée par une porte placée sur la gauche, dont un volet est ouvert. Au fond, l'entrée d'une cave et, au-dessus, des tablettes fixées au mur, où sont posés différents objets.

Signé du monogramme.

Bois. Haut., 52 cent.; larg., 28 cent.

Cadre en bois sculpté.

Gravé par Loewenstamm, 1879.

Vente Max Kann 1879.
Vente Beurnonville.
Vente Wassermann.
Vente May.

PANINI
(JEAN-PAUL)

Plaisance, 1692-1765.

41 — Ruines romaines.

Des portiques à pilastres, des colonnes d'ordre corinthien,
ruinés au bord d'un cours d'eau. Au premier plan, des bergers
et des pêcheurs.

Toile de forme ovale. Haut., 62 cent.; larg., 78 cent.

PATER

JEAN-BAPTISTE-JOSEPH

Valenciennes, 1696-1736.

42 — La Chasse chinoise.

Des cavaliers, des hommes à pied en tuniques roses, vertes
ou bleues, armés de piques, de sabres ou d'arcs, combattent
des fauves.

Au centre, un lion est repoussé ; à droite, un prince oriental,
debout sur un trône, épaule un fusil.

La même composition, d'une plus grande dimension, se
trouve au château de Fontainebleau.

Bois. Haut., 55 cent.; larg., 45 cent.

Cadre en bois sculpté.

POTTER
(PIERRE)

Enkhuysen, 1597-1652.

43 — **Intérieur de paysans.**

La femme assise au centre, épluche des légumes : un homme vu de dos, tient un dévidoir; un enfant est penché sur un seau; à droite, des poules picorent. Dans le fond, deux autres personnages et un escalier de bois.

Signé en toutes lettres et daté : *1638*.

Bois. Haut., 32 cent.; larg., 38 cent.

رأس

REMBRANDT
(HARMENSZ VAN RYN)
Leyde, 1606-1669

41 — Le père de Rembrandt coiffé d'une calotte noire.

En buste, tourné de trois quarts à droite, les yeux baissés, une calotte noire couvre sa tête chauve. Il est vêtu d'une tunique brune, garnie de fourrure; une vive lumière se répand à gauche.

Bois. Haut. 16 cent., larg. 12 cent.

Cadre en bois sculpté.

Petit buste sans les mains, peint vers 1629; décrit dans l'*Œuvre complet de Rembrandt*, par W. Bode, t. VIII, n° 541, p. 48.

REYNOLDS
SIR JOSHUA
1723-1792.

45 — Portrait de William O'Brien, acteur.

Il est représenté en buste, et sa figure, aux traits réguliers, à la bouche volontaire et énergique, est tournée de notre
côté. Il est vêtu d'un habit gris, croisé sur sa poitrine, et porte
une perruque poudrée Louis XV.

Toile ovale. Haut., 64 cent.; larg., 54 cent.

ROSALBA CARRIERA
1675-1757.

46 — Portrait d'un jeune abbé.

Il est vu de face jusqu'aux épaules. Ses traits sont fins et
réguliers. Une cravate blanche est nouée autour de son cou.

Pastel. Haut., 33 cent.; larg., 29 cent.

Cadre en bois sculpté.

RUISDAEL
JACQUES
Haarlem, 1628-1682.

47 — La Cascade.

Une nappe d'eau se répand en cascade, au premier plan,
entre des rochers. Des habitations rustiques sont construites
dans la forêt ; à droite, des moutons paissent dans un champ.

Dans le fond, un chemin sinueux sur une éminence. Le ciel
bleu est chargé de nuages.

Signé à gauche, et daté : *1661*.

Toile. Haut., 60 cent. ; larg., 75 cent.

Cadre en bois sculpté.

Vente Lyne Stephens, à Londres, 1895.

RUISDAEL

(JACQUES)

48 — Halte de chasseurs.

Trois chasseurs se sont arrêtés dans une clairière, l'un d'eux se lave les jambes dans une mare, les autres se reposent avec leurs chiens sur un monticule. Au premier plan, et à gauche, un bouquet d'arbres et des broussailles, des oiseaux volent sous le ciel nuageux doré par un chaud rayon de soleil.

Bois. Haut., 40 cent., larg., 35 cent.

Cadre en bois sculpté.

RUISDAEL

(SALOMON)

Haarlem, 1600-1670.

49 — Le Passage du bac.

Un large bateau plat poussé à travers la rivière par un homme en veste rouge, passe des villageois et des bestiaux.

A gauche, une barque de pêcheurs est amarrée à la rive; à droite, des nasses; dans le fond, des chaumières sur le bord de la rivière et des bateaux à voiles.

Signé à gauche et daté : *1643*.

Bois. Haut., 58 cent.; larg., 62 cent.

Cadre en bois sculpté.

SAINT-NON

JEAN-CLAUDE RICHARD, abbé de

Paris, 1747-1791

50 — La Cascade.

Elle coule entre des rochers: on remarque au premier plan,
des paysans italiens. Dans le fond et à gauche, au-delà d'un
rideau d'arbres, un lac entouré de montagnes.

Signé à gauche et daté : *1774*.

Toile. Haut., 7e cent.; arg., 62 cent.

SANTERRE

JEAN-BAPTISTE

1658-1717

51 — Portrait de Mlle Desmares.

Jeune et gentille, elle est vue en buste: la bouche mutine,
le nez fin, elle incline légèrement la tête à droite: dans ses
cheveux poudrés sont piquées deux plumes bleues. Elle a une
petite collerette Henri II autour du cou et est vêtue d'un
costume de velours décolleté en pointe et brodé de rouge.

Pastel.

Signé à gauche.

Haut., 54 cent.; arg., 41 cent.

STEEN
(JEAN)
Leyde. 1626-1679.

52 — Une Kermesse.

Sur une place de village, devant une auberge, un couple
danse se tenant par la main. Un musicien monté à droite sur
un tronc d'arbre, joue de la cornemuse ; des enfants regardent.
A gauche, un homme coiffé d'un feutre mou, lutine une
commère assise près d'une table. Sur un banc, un buveur
tenant son broc. Dans le fond, d'autres personnages et des
chaumières entourées d'arbres.

Signé à droite.

Bois. Haut., 38 cent.; larg., 52 cent.

Cadre en bois sculpté.

STEEN
(JEAN)

53 — Le Mariage forcé.

Les fiancés sont face à face dans un intérieur ; le jeune
homme pleure : la mère, assise au centre dans un fauteuil,
soulève le tablier de la jeune fille. Debout, derrière une table,
un homme en noir demande la signature du contrat. Dans le
fond et à gauche, une fenêtre ouverte sur la campagne.

Signé et daté : *1661*.

Toile. Haut., 36 cent.; larg., 29 cent.

53

3

STEEN
(JEAN)

54 — L'Homme de lettres.

En longue robe de chambre, coiffé d'un bonnet rouge sur
ses cheveux pendants, un homme assis dans un intérieur,
fumant une pipe en terre, les yeux baissés sur un petit livre
qu'il tient de la main droite, dicte des commentaires à un
écrivain assis au second plan et accoudé sur une table couverte
d'un tapis.

Signé à droite.

Toile. Haut., 30 cent., larg., 24 cent

TENIERS
(DAVID)
Anvers, 1640-1690.

55 — Les Tonneliers.

L'un d'eux, debout, coiffé d'un feutre aux larges bords
relevés, est appuyé sur une gaule. L'autre, accroupi au second
plan, s'accoude sur un tonneau. Dans le fond, une chaumière
au milieu d'un bouquet d'arbres.

Signé du monogramme à droite, sur une pierre.

Bois. Haut., 14 cent ; larg., 11 cent.

TENIERS
(Attribué à DAVID)

56 — Le Chirurgien de village.

Un patient en habit gris, toque rouge, a livré au pédicure
son pied appuyé sur un tabouret de bois. Des flacons, un pot
de grès, sont posés, à droite, sur une table. Au second plan,
une femme debout, les mains croisées sur son tablier bleu.

Bois. Haut., 27 cent.; larg., 21 cent

Cadre en bois sculpté.

6

TROY

(JEAN-FRANÇOIS DE)

Paris, 1679-1752.

57 — Portrait de Fourcaud, intendant des beaux-arts.

Il est vu en buste et sa figure, à la mâchoire volontaire, a des yeux très vivants. Sa longue perruque grise retombe sur ses épaules, sur lesquelles est jeté un épais et somptueux manteau violet brodé d'or. Son cou est serré par un col de dentelle.

Toile ovale. Haut., 80 cent.; larg., 64 cent.

Cadre en bois sculpté.

VESTIER

(ANTOINE)

Avallon, 1740-1824.

58 — Portrait présumé de Barras.

Il est vu en buste, son regard est ferme et assuré et sa bouche énergique. Il porte un habit vert à grand col et un gilet blanc rayé de rose qui laisse apercevoir la cravate boufflante qu'il a nouée autour de son cou.

Toile ovale. Haut., 55 cent.; larg., 45 cent.

VESTIER

Attribué à ANTOINE)

59 — Portrait présumé de Madame Adélaïde Scott.

Assise dans un fauteuil devant une table-bureau, une jeune femme en robe de satin bleu, décolletée, à manches courtes, les cheveux poudrés tient à la main une lettre portant l'adresse : « A Madame Adélaïde Scott, Baronne de Clitourp ».

Toile de forme ovale. Haut., 79 cent.; larg., 64 cent.

Cadre en bois sculpté.

*Exposition des Portraits de Femmes et Enfants
à l'École des Beaux-Arts 1897 .*

WATTEAU
(LOUIS

Valenciennes, 1731-1798.

DEUX PENDANTS

**60-61 — Les Châtelains bienfaisants.
Le déjeuner champêtre.**

Tableaux à nombreux personnages à l'entrée d'un parc orné de vases de pierre.

Signés en toutes lettres.

Le premier daté : 1797.
Le second daté : 1798.

Bois. Haut., 40 cent.; larg., 50 cent.

Cadres en bois sculpté.

WATTEAU
(École de)

62 — L'Assemblée galante.

Dans un parc, plusieurs personnages sont réunis. Un rayon
de lumière tombe sur un groupe d'hommes et de femmes
richement vêtus, devant lesquels un musicien joue de la
guitare. Deux enfants s'amusent à droite; au fond de l'allée,
on aperçoit le village embrumé et enfoui dans les arbres.

Toile. Haut., 58 cent.; larg., 72 cent. 1/2.

Cadre en bois sculpté.

WOUWERMAN
(PHILIPPE)

Haarlem, 1619 1668.

63 — Scène de patinage.

Dans les fossés d'une ville forte, des enfants jouent sur la
glace. Il ont allumé un feu au pied d'un mur de rempart.

A droite, un villageois est assis sur un traineau chargé de
paille gardant un cheval blanc. Au second plan, une route
s'élève à la hauteur d'un pont-levis fermé par une porte en
palissade.

Bois. Haut., 36 cent.; larg., 52 cent.

Cadre en bois sculpté.

Collection Slingelandt (1785).

Collection du Roi Louis de Bavière (1826).

Collection Munroe Fergusson of Novar (1878).

Collection Crews, Esq., Londres.

WOUWERMAN
(PHILIPPE)

64 — Le Départ pour la chasse.

Un gentilhomme en habit rouge et chapeau à plumes, se
prépare à monter un cheval blanc tenu par la bride par un
valet. Il caresse un chien qui aboie après lui et parle à un
autre gentilhomme monté sur un cheval bai, vu de dos et
tenant un faucon.

Au second plan, une dame sur un cheval gris pommelé.
Un domestique descendant les marches d'un château apporte
des rafraîchissements sur un plateau.

Signé du monogramme.

Bois. Haut. 36 cent.; larg 29 cent

On lit au dos du panneau :

*Je prie mon fils de conserver ce tableau comme souvenir de
sa mère qu'il aime de tout son cœur.*

Signé : *Duchesse de l'Infantado, nee Princesse Salm-Salm.*

www.ingramcontent.com/pod-product-compliance
Ingram Content Group UK Ltd.
Pitfield, Milton Keynes, MK11 3LW, UK
UKHW031839170726
13836UKWH00004B/1782